# ...TH-HSIEN

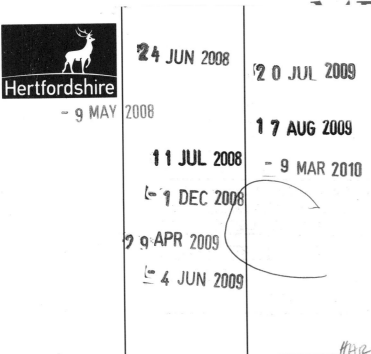
retold by Dawn Casey

...trated by Richard Holland

...nch translation by Annie Arnold

Il y a très longtemps dans le sud de la Chine, disent les vieux manuscrits, vivait là-bas une fille nommée Yeh-hsien. Déjà enfant, elle était intelligente et gentille. En grandissant elle rencontra de grandes peines car sa mère mourut, puis son père aussi. Yeh-hsien fut laissée aux soins de sa belle-mère.

Mais la belle-mère avait déjà une fille, et n'eut aucun amour pour Yeh-hsien. Elle lui donnait à peine de quoi manger et ne la vêtait qu'en haillons. Elle forçait Yeh-hsien à ramasser des brindilles dans les forêts les plus dangereuses et à tirer de l'eau des étangs les plus profonds.
Yeh-hsien n'avait qu'un seul ami …

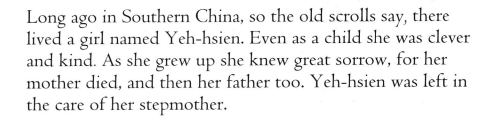

Long ago in Southern China, so the old scrolls say, there lived a girl named Yeh-hsien. Even as a child she was clever and kind. As she grew up she knew great sorrow, for her mother died, and then her father too. Yeh-hsien was left in the care of her stepmother.

But the stepmother h          hter of her own, and had no love for Yeh-hsien. She gave her hardly a scrap to eat and dressed her in nothing but tatters and rags. She forced Yeh-hsien to collect firewood from the most dangerous forests and draw water from the deepest pools.
Yeh-hsien had only one friend...

…un minuscule poisson avec des nageoires rouges et des yeux dorés. Du moins, il était minuscule quand Yeh-hsien le trouva. Mais elle nourrit son poisson de nourriture et d'amour, et bientôt il devint d'une taille énorme. Quand elle rendait visite à sa marre, le poisson soulevait toujours sa tête hors de l'eau et la posait sur la rive à côté d'elle. Personne ne connaissait son secret. Jusqu'à ce qu'un jour, la belle-mère demande à sa fille, « Où va Yeh-hsien avec ses grains de riz ? »

« Pourquoi ne la suis-tu pas ? » suggéra la fille, « et tu découvriras. »

Aussi, derrière une touffe de roseaux, la belle-mère attendit et regarda. Quand elle vit Yeh-hsien partir, elle plongea sa main dans l'eau et agita. « Poisson ! Oh poisson ! » chantonna-t-elle. Mais le poisson resta prudemment sous l'eau. « Misérable créature ! » maudit la belle-mère. « Je t'aurai… »

…a tiny fish with red fins and golden eyes. At least, he was tiny when Yeh-hsien first found him. But she nourished her fish with food and with love, and soon he grew to an enormous size. Whenever she visited his pond the fish always raised his head out of the water and rested it on the bank beside her. No one knew her secret. Until, one day, the stepmother asked her daughter, "Where does Yeh-hsien go with her grains of rice?"

"Why don't you follow her?" suggested the daughter, "and find out."

So, behind a clump of reeds, the stepmother waited and watched. When she saw Yeh-hsien leave, she thrust her hand into the pool and thrashed it about. "Fish! Oh fish!" she crooned. But the fish stayed safely underwater. "Wretched creature," the stepmother cursed. "I'll get you…"

« N'as-tu pas travaillé dur ! » dit la belle-mère à Yeh-hsien plus tard ce jour-là.
« Tu mérites une nouvelle robe. » Et elle força Yeh-hsien à retirer ses vieux vêtements.
« Maintenant, va chercher de l'eau à la source. Tu n'as pas besoin de te dépêcher. »

Aussitôt que Yeh-hsien fut partie, la belle-mère mit la vieille robe et alla rapidement
jusqu'à la marre. Caché dans sa manche elle portait un couteau.

"Haven't you worked hard!" the stepmother said to Yeh-hsien
later that day. "You deserve a new dress." And she made
Yeh-hsien change out of her tattered old clothing. "Now, go
and get water from the spring. No need to hurry back."

As soon as Yeh-hsien was gone, the stepmother
pulled on the ragged dress, and hurried to the
pond. Hidden up her sleeve she carried a knife.

Le poisson vit la robe de Yeh-hsien et tout de suite, il sortit la tête de l'eau. L'instant d'après la belle-mère plongea sa lame. La grande masse s'abattit hors de la marre et s'effondra sur la rive. Mort.

« Délicieux, » jubila la belle-mère, alors qu'elle cuisinait et servait la chaire ce soir-là. « Il a deux fois meilleur goût qu'un poisson ordinaire. » Et entre-elles, la belle-mère et sa fille mangèrent jusqu'au dernier morceau l'ami de Yeh-hsien.

The fish saw Yeh-hsien's dress and in a moment he raised his head out of the water. In the next the stepmother plunged in her dagger. The huge body flapped out of the pond and flopped onto the bank. Dead.

"Delicious," gloated the stepmother, as she cooked and served the flesh that night. "It tastes twice as good as an ordinary fish." And between them, the stepmother and her daughter ate up every last bit of Yeh-hsien's friend.

Le lendemain, quand Yeh-hsien appela son poisson, il n'y eut pas de réponse. Quand elle appela à nouveau, sa voix sortie étrange et haute. Son estomac se serra. Sa bouche était sèche. A quatre pattes Yeh-hsien écarta les lenticules, mais ne vit rien que des cailloux luisants dans le soleil. Et elle comprit que son seul ami était parti.

Pleurant et gémissant, la pauvre Yeh-hsien s'écroula au sol et enfouit sa tête dans ses mains. Ainsi, elle ne vit pas le vieil homme descendre du ciel en flottant.

The next day, when Yeh-hsien called for her fish there was no answer. When she called again her voice came out strange and high. Her stomach felt tight. Her mouth was dry. On hands and knees Yeh-hsien parted the duckweed, but saw nothing but pebbles glinting in the sun. And she knew that her only friend was gone.

Weeping and wailing, poor Yeh-hsien crumpled to the ground and buried her head in her hands. So she did not notice the old man floating down from the sky.

Une brise légère toucha son front, et les yeux rougis Yeh-hsien releva la tête. Le vieil homme regarda en bas. Ses cheveux étaient détachés et ses vêtements étaient grossiers mais ses yeux étaient pleins de compassion.

« Ne pleure pas, » dit-il doucement. « Ta belle-mère a tué ton poisson et a caché les arêtes dans le tas de fumier. Va chercher les arêtes du poisson. Elles contiennent de la magie puissante. Peu importe tes souhaits ils seront exaucés. »

A breath of wind touched her brow, and with reddened eyes Yeh-hsien looked up. The old man looked down. His hair was loose and his clothes were coarse but his eyes were full of compassion.

"Don't cry," he said gently. "Your stepmother killed your fish and hid the bones in the dung heap. Go, fetch the fish bones. They contain powerful magic. Whatever you wish for, they will grant it."

Yeh-hsien suivit le conseil du sage et cacha les arêtes du poisson dans sa chambre. Elle les sortait souvent et les touchait. Elles étaient douces et fraîches et lourdes dans ses mains. La plupart du temps, elle pensait à son ami. Mais quelquefois elle faisait un souhait.

Maintenant Yeh-hsien avait toute la nourriture et les vêtements dont elle avait besoin, ainsi que du jade précieux et des perles de lune pâle.

Yeh-hsien followed the wise man's advice and hid the fish bones in her room. She would often take them out and hold them. They felt smooth and cool and heavy in her hands. Mostly, she remembered her friend. But sometimes, she made a wish.

Now Yeh-hsien had all the food and clothes she needed, as well as precious jade and moon-pale pearls.

Bientôt l'odeur des pruniers en fleurs annonça l'arrivée du printemps. C'était le temps du festival du printemps où les gens se rassemblaient pour honorer leurs ancêtres et les jeunes femmes et hommes espéraient trouver maris et femmes.
« Oh ! Combien j'aimerais y aller, » soupira Yeh-hsien.

Soon the scent of plum blossom announced the arrival of spring. It was time for the Spring Festival, where people gathered to honour their ancestors and young women and men hoped to find husbands and wives.
"Oh, how I would love to go," Yeh-hsien sighed.

« Toi ? » dit la demi-sœur. « Tu ne peux pas y aller ! »
« *Tu* dois rester pour surveiller les arbres fruitiers, » ordonna la belle-mère.
Ainsi c'était. Ou bien cela aurait été si Yeh-hsien n'avait pas été si déterminée.


"You?!" said the stepsister. "You can't go!"
"*You* must stay and guard the fruit trees," ordered the stepmother.
So that was that. Or it would have been if Yeh-hsien had not been so determined.

Une fois que sa belle-mère et sa demi-sœur furent hors de vue, Yeh-hsien s'agenouilla devant ses arêtes et fit un vœu. Il fut accordé en un instant.

Yeh-hsien fut habillée d'une robe de soie, et sa cape fabriquée de plumes de martin-pêcheur. Chaque plume était éblouissante. Et comme Yeh-hsien bougeait par ci, par là, chacune miroitait de toutes les nuances de bleus imaginable – indigo, lapis, turquoise, et le soleil brillant bleu de la marre où son poisson avait vécu. Au pied elle portait des chaussures dorées. Etant aussi gracieuse que les saules qui se balancent dans le vent, Yeh-hsien s'esquiva.

Once her stepmother and stepsister were out of sight, Yeh-hsien knelt before her fish bones and made her wish. It was granted in an instant.

Yeh-hsien was clothed in a robe of silk, and her cloak was crafted from kingfisher feathers. Each feather was dazzling bright. And as Yeh-hsien moved this way and that, each shimmered through every shade of blue imaginable – indigo, lapis, turquoise, and the sun-sparkled blue of the pond where her fish had lived. On her feet were shoes of gold. Looking as graceful as the willow that sways with the wind, Yeh-hsien slipped away.

Comme elle approchait du festival, Yeh-hsien sentit le sol tremblé au rythme de la danse. Elle pouvait sentir les viandes tendres grésillées et le vin chaud épicé. Elle pouvait entendre la musique, les chants, les rires. Et partout où elle regardait, les gens s'amusaient énormément. Yeh-hsien rayonnait de joie.

As she approached the festival, Yeh-hsien felt the ground tremble with the rhythm of dancing. She could smell tender meats sizzling and warm spiced wine. She could hear music, singing, laughter. And everywhere she looked people were having a wonderful time. Yeh-hsien beamed with joy.

Beaucoup de têtes se tournèrent vers la belle étrangère.
« Qui *est* cette fille ? » se demanda la belle-mère, scrutant Yeh-hsien.
« Elle ressemble un peu à Yeh-hsien, » dit la demi-sœur, avec un froncement surpris.

Many heads turned towards the beautiful stranger.
"Who *is* that girl?" wondered the stepmother, peering at Yeh-hsien.
"She looks a little like Yeh-hsien," said the stepsister, with a puzzled frown.

Yeh-hsien sentit la force de leurs regards et se retourna, et se trouva face à face avec sa belle-mère. Son cœur s'arrêta et son sourire se figea.
Yeh-hsien s'envola tellement vite qu'une de ses chaussures glissa de son pied. Mais elle n'osa pas s'arrêter pour la ramasser, et elle courut jusqu'à la maison avec un pied nu.

Yeh-hsien felt the force of their stares and turned around, and found herself face to face with her stepmother. Her heart froze and her smile fell.
Yeh-hsien fled in such a hurry that one of her shoes slipped from her foot. But she dared not stop to pick it up, and she ran all the way home with one foot bare.

Quand la belle-mère rentra chez elle, elle trouva Yeh-hsien endormit, ses bras entourant un des arbres du jardin. Pendant un temps elle dévisagea sa belle-fille, puis elle ricana. « Beurk, comment n'ai-je pu jamais imaginer que *tu* étais la femme du festival ? Ridicule ! » Alors, elle n'y pensa plus.

Et qu'est-ce qui est arrivé à la chaussure dorée ? Elle resta cachée dans les herbes hautes, lavée par la pluie et perlée par la rosée.

When the stepmother returned home, she found Yeh-hsien asleep, with her arms around one of the trees in the garden. For some time she stared at her stepdaughter, then she gave a snort of laughter. "Huh! How could I ever have imagined *you* were the woman at the festival? Ridiculous!" So she thought no more about it.

And what had happened to the golden shoe? It lay hidden in the long grass, washed by rain and beaded by dew.

Au matin, un jeune homme se promenait dans la brume. Le reflet de l'or attira son regard.
« Qu'est-ce que c'est ? » suffoqua-t-il, ramassant la chaussure, « … quelque chose de spécial. »
L'homme emmena la chaussure dans l'île voisine, To'han, et la remis au roi.

« Ce soulier est exquis, » s'émerveilla le roi, le retournant dans ses mains. « Si je peux trouver la femme à qui appartient cette chaussure, j'aurai trouvé ma femme. »
Le roi ordonna à toutes les femmes de son domaine, d'essayer la chaussure, mais c'était quelques centimètres trop petit même pour le plus petit pied.
« Je vais chercher dans tout le royaume, » se jura-t-il. Mais aucun pied n'allait.
« Je dois trouver la femme à qui appartient cette chaussure, » déclara le roi. « Mais comment ? »
Enfin une idée lui vint.

In the morning, a young man strolled through the mist. The glitter of gold caught his eye. "What's this?" he gasped, picking up the shoe, "…something special." The man took the shoe to the neighbouring island, To'han, and presented it to the king.

"This slipper is exquisite," marvelled the king, turning it over in his hands. "If I can find the woman who fits such a shoe, I will have found a wife." The king ordered all the women in his household to try on the shoe, but it was an inch too small for even the smallest foot. "I'll search the whole kingdom," he vowed. But not one foot fitted. "I must find the woman who fits this shoe," the king declared. "But how?"
At last an idea came to him.

Le roi et ses serviteurs placèrent la chaussure sur le bord de la route. Puis ils se cachèrent et regardèrent afin de voir si quelqu'un viendrait la chercher.
Quand une fille en haillons emporta la chaussure, les hommes du roi pensèrent qu'elle était une voleuse. Mais le roi regarda ses pieds.
« Suivons-la, » dit-il doucement.

« Ouvrez ! » les hommes du roi braillèrent en tapant à la porte de Yeh-hsien.
Le roi chercha jusque dans les pièces les plus profondes et trouva Yeh-hsien. Dans sa main elle tenait la chaussure dorée.
« S'il te plaît, » dit le roi, « mets la. »

The king and his servants placed the shoe by the wayside. Then they hid and watched to see if anyone would come to claim it.
When a ragged girl stole away with the shoe the king's men thought her a thief.
But the king was staring at her feet.
"Follow her," he said quietly.

"Open up!" the king's men hollered as they hammered at Yeh-hsien's door.
The king searched the innermost rooms, and found Yeh-hsien.
In her hand was the golden shoe.
"Please," said the king, "put it on."

La belle-mère et la demi-sœur regardaient bouches bées pendant que Yeh-hsien allait à sa cachette. Elle revint portant sa cape de plumes et ses deux chaussures dorées. Elle était aussi belle qu'un ange. Et le roi a su qu'il avait trouvé son amour.

Et ainsi Yeh-hsien épousa le roi. Il y eut des lanternes et des bannières, des gongs et des tambours et les plats les plus délicieux. Les célébrations durèrent pendant sept jours.

The stepmother and stepsister watched with mouths agape as Yeh-hsien went to her hiding place. She returned wearing her cloak of feathers and both her golden shoes. She was as beautiful as a heavenly being. And the king knew that he had found his love.

And so Yeh-hsien married the king. There were lanterns and banners, gongs and drums, and the most delicious delicacies.
The celebrations lasted for seven days.

Yeh-hsien et son roi avaient tout ce qu'ils pouvaient souhaiter. Une nuit ils enterrèrent les arêtes du poisson au bord de la mer où elles furent emportées par la marée.

L'esprit du poisson était libéré : pour nager dans les mers ensoleillées pour l'éternité.

Yeh-hsien and her king had everything they could possibly wish for. One night they buried the fish bones down by the sea-shore where they were washed away by the tide.

The spirit of the fish was free: to swim in sun-sparkled seas forever.